MW01043197

ALFAGUARA

1999, RICARDO MARIÑO

De esta edición

2004, Aguilar, Altea, Taurus, Alfaguara S.A.
Av. Leandro N. Alem 720 (C1001AAP) Ciudad de Buenos Aires, Argentina

ISBN: 987-04-0316-6
Hecho el depósito que marca la ley 11.723
Impreso en Argentina. Printed in Argentina
Primera edición: noviembre de 2004
Segunda edición: enero de 2006

Dirección editorial: Herminia Mérega
Coordinación de Literatura Infantil y Juvenil: María Fernanda Maquieira

Diseño de la colección: Manuel Estrada

Una editorial del grupo **Santillana** que edita en:
España • Argentina • Bolivia • Brasil • Colombia
Costa Rica • Chile • Ecuador • El Salvador • EE.UU.
Guatemala • Honduras • México • Panamá • Paraguay
Perú • Portugal • Puerto Rico • República Dominicana
Uruguay • Venezuela

Mariño, Ricardo
    Perdido en la selva / Ricardo Mariño ; ilustrado por Marcelo
Elizalde - 1a ed. - Buenos Aires : Aguilar, Altea, Taurus, Alfaguara,
2006.
    72 p. ; 20x12 cm. (Serie naranja)

    ISBN 987-04-0316-6

    1. Narrativa Infantil Argentina. I. Elizalde, Ricardo, ilus. II. Título
CDD A863.928 2

Perdido en la selva

Ricardo Mariño

Ilustraciones de Marcelo Elizalde

ALFAGUARA

Antes de dar a conocer su libro *Supervivencia en la selva,* el profesor Winston Trabagliati quiso comprobar que los consejos incluidos en ese volumen realmente fueran útiles para personas en peligro. "Alguien debería internarse en el Amazonas sin otro recurso que mi libro", le había dicho a su editor.

En la editorial decidieron que la persona indicada para esa prueba era el joven cadete Catalino Esmit.

Así, una tarde Catalino fue invitado a dar una vuelta en avioneta. Piloteaba el avión el tesorero de la editorial y atrás iban Winston Trabagliati, Catalino y el editor.

Antes de que el avión tomara altura los dos hombres le dijeron a Catalino que por ser tan joven correspondía que él se pusiera el único paracaídas que había en el avión. Catalino les agradeció.

Pasadas unas horas, al sobrevolar el mis-mísimo corazón del Amazonas, el editor abrió la puerta de la avioneta y le dijo a Catalino que no se perdiera la incomparable vista que se apreciaba desde allí.

Cuando el joven se asomó, Winston Trabagliati le pegó en el pecho con su libro y le dijo:

—¡Te regalo mi último trabajo, Catalino! ¡No dejes de leerlo!

Al tratar de agarrar el libro, el muchacho soltó el caño al que estaba aferrado. Por un segundo hizo equilibrio sobre la base de la puerta, pero Trabagliati le dio unas cariñosas palmadas en la espalda:

—Estoy seguro de que te gustará, hijo. Y te será de gran utilidad —Catalino salió al vacío dando inútiles manotazos y patadas.

Segundos después el joven cadete miró hacia abajo y recordó que tenía puesto un paracaídas.

—Dentro de todo es una desgracia con suerte —se dijo—. Justo vengo a caer yo, el único que llevaba paracaídas gracias a la generosidad del señor editor y de Winston Trabagliati, el genial escritor, que casi me obligaron a que me pusiera el único que había. Ni quiero pensar qué hubiera ocurrido si caía uno de ellos...

De pronto Catalino sintió que algo tiraba de él hacia arriba: era el paracaídas que se había abierto.

Segundos después volvió a tener la misma sensación: era que el paracaídas se había enganchado en las ramas más altas de un árbol increíblemente alto.

Para sacarse el paracaídas Catalino debió esforzarse porque estaba sobre una rama muy delgada. Luego, resbaló tomado de las manos, desplazándose hacia el tronco del árbol. Allí descansó unos diez minutos porque se había quedado sin fuerzas.

—Yo acá descansando, y ellos allá en el avión. Pobres, seguro que están preocupadísimos... —pensó en voz alta—. Pero... ¡qué afortunado —exclamó al reconocer al libro de Trabagliati enganchado en una rama apenas a unos metros de él—, justo vengo a caer en la selva con un libro que trata sobre cómo sobrevivir en la selva! Y hasta debe tener un capítulo dedicado a cómo descender de un árbol.

Justamente, en el índice estaba señalada la parte del libro dedicada a ese problema. Catalino buscó presurosamente esa página, pero antes de llegar a leerla apareció un gorila.

Era un gorila negro y peludo con dientes blancos y enormes como fichas de dominó.

La bestia se descolgó hábilmente de una rama, caminó por otra y en un instante estuvo al lado de Catalino. El joven abrió grandes los ojos pero enseguida los desvió hacia el índice del libro, esta vez en "Simios del Amazonas, especies, características, alimentación y trato con el hombre".

Desgraciadamente Catalino no llegó a completar el título de ese apartado. El animal le arrebató el volumen de un manotazo aunque luego, al morderlo, perdió un diente. Furioso, agarró a Catalino, le metió el libro en la boca, y como si fuera una pelota lo arrojó al vacío.

El joven cayó a un río infestado de cocodrilos.

Mientras flotaba, buscó en el índice "Técnicas de defensa ante cocodrilos". Pero en la página indicada figuraba "Gorgojos amazónicos

comestibles". Un error de edición. El señor editor siempre se quejaba de ese tipo de errores diciendo: "Les pago a estos imbéciles para que detecten estas cosas y sin embargo...".

—Qué lástima —dijo Catalino—. Una edición tan cuidada, con dibujos tan bonitos, tiene este error en el índice.

Sus pensamientos fueron interrumpidos por tres enormes cocodrilos que lo rodearon con sus descomunales bocas abiertas. Catalino debió abrirse paso dándoles librazos en las trompas.

Llegó extenuado a la orilla pero allí fue atrapado por un grupo de indígenas salvajes.

Los salvajes estaban por cocinarlo, cuando el brujo hojeó el libro y se le ocurrió que Catalino podría leerles un fragmento a él y a sus compañeros antes de ser cocinado.

El joven aceptó gustoso.

"Si Winston Trabagliati viera esto no podría creerlo", pensó, mientras abría el libro en "El problema del agua potable. Métodos sencillos para sanear aguas contaminadas".

Los indios escucharon atentos. ¡El agua potable era la que se podía tomar! ¡La otra, la que no es potable, podía hacer que murieran todos entre horribles retorcijones de barriga! Encabezados por el brujo y el cacique, trataron de seguir las instrucciones para obtener agua potable, pero ninguno logró extraer ni una gota machacando hierbas como indicaba el libro de Winston Trabagliati.

Pasada una hora, los indios se miraban entre sí preocupados.

—Moriremos de sed —fue el cruel anuncio del brujo. Todos lo miraron alarmados—. No hay esperanzas para nosotros. Somos inútiles para obtener agua potable.

—¿Y si beben agua del río? —se le ocurrió preguntar a Catalino.

Los indios se acercaron al río con gran reserva. Uno de ellos mojó sus dedos en el agua y la probó, atemorizado.

—Parece buena —dijo al fin.

Otros indios también bebieron un poco y confirmaron lo dicho.

—¡Es agua potable! —anunció a gritos el brujo.

Catalino fue felicitado y levantado en andas. Hasta que uno de los indios recordó que desde hacía quinientos años, quizás más, la tribu tomaba agua de ese río.

El joven fue perseguido por los indios hasta la noche.

Al fin se ocultó sobre una palmera, comió un coco y se mantuvo despierto para espantar con el libro a las alimañas e insectos llenos de aguijones, pinzas y bolsitas de venenos, que desde todos los ángulos trataban de perforarlo.

A la mañana siguiente saltó sobre un tronco y se dejó llevar río abajo.

Favorecido por la incontenible corriente y las increíbles cascadas que por momentos lo hacían volar sobre las aguas, llegó un día después a un puerto.

Pero al parecer alguien había avisado que un joven se había perdido en la selva y luego un helicóptero lo había avistado cuando lo arrastraba el agua, así que mucha gente lo esperaba en el puerto. Entre la muchedumbre se distinguían el mismísimo Winston Trabagliati y el editor, además de varias cámaras de televisión.

La imagen del joven emergiendo de las aguas con el libro *Supervivencia en la selva* bajo el brazo fue vista en todo el mundo. El lanzamiento del libro fue un gran éxito y ahora nadie se atreve a viajar a zonas selváticas sin llevar un ejemplar. Y Winston Trabagliati, el genial escritor, ya está trabajando en un volumen que se titulará *Guía para sobrevivir en el Polo Sur.*

Era un joven mensajero del rey llamado Teobaldo, que para hacer su trabajo cruzaba ríos y montañas y sorteaba toda clase de peligros. Pero Teobaldo no era una persona de verdad sino un personaje. Más precisamente, era un personaje del primero de los cuentos de un libro que en total tenía cinco relatos.

El libro pertenecía a un chico que todas las noches leía en voz alta el último cuento, llamado "El canto de la princesa". Aunque tenía un final triste, ese cuento era su preferido.

Al principio a Teobaldo le dio celos que el chico prefiriera ese cuento y no el suyo, pero con el tiempo prestó atención a la princesa y terminó enamorándose de ella.

"El canto de la princesa" empezaba justo cuando la joven princesa Mirna era raptada por un malvado hombre de palacio. El malhechor encerraba a Mirna en la profundidad de una cueva, bajo la vigilancia de un dragón de dos cabezas. El único consuelo de la joven en aquella horrible oscuridad era cantar.

Cuando por fin los hombres del rey apresaron al raptor, abatieron al dragón y entraron en la cueva, no encontraron allí a la princesa Mirna sino a un bello pájaro blanco que echó a volar. Desde entonces el tristísimo canto de aquel pájaro se escuchó en todo el reino.

Teobaldo estaba enamorado de Mirna y enojado con el final de esa historia. Cada nueva oportunidad en que el chico volvía a leer ese cuento Teobaldo se enamoraba más y más de la princesa Mirna y más se entristecía al escuchar el desenlace.

De modo que un día partió hacia el último cuento del libro para intervenir en él e impedir que la chica se convirtiera en pájaro. Para llegar a "El canto de la princesa" tenía por delante setenta páginas y quién sabe cuántos peligros.

Pasó la página quince y poco después entró al segundo cuento. Allí encontró a un viejo mago, enojado porque en el circo lo habían reemplazado por un colega más joven.

—Al final de este libro hay un cuento que termina mal —le contó Teobaldo—. Voy para allí a cambiar ese final.

—No estoy de acuerdo con los finales tristes —le respondió el mago—. Te acompaño.

Teobaldo y el mago llegaron al tercer cuento, que era de unos animales que se lo pasaban charlando: "¿Cómo le va don perro?", "¿qué dice don conejo?". Aburrido de que allí no ocurriera nada, un león quiso unirse a Teobaldo.

En la página cuarenta pasaron al cuarto cuento. Allí conocieron a un marciano que había perdido su plato volador y no podía regresar a Marte. También el marciano se unió al grupo de Teobaldo.

Llegaron por fin a "El canto de la princesa".

—¡Hay que encontrar la cueva antes de que Mirna se transforme en pájaro! —dijo Teobaldo.

El marciano, que veía a través de las piedras, señaló cuál era la cueva.

En la página siguiente les salió al cruce el espantoso dragón. El león saltó sobre él y le mordió una pata. Teobaldo aprovechó para meterse en la cueva.

Cuando el dragón estaba por quemar al león con las llamaradas de fuego que expulsaba por la boca, el mago usó su varita para hacer llover: el fuego se apagó.

Teobaldo encontró a la princesa Mirna en el fondo de la cueva y la sacó de allí. Pero al salir, el dragón se lanzó furioso sobre él.

Durante dos páginas el dragón persiguió a Teobaldo y hasta llegó a chamuscarle el pelo con sus llamaradas. Al fin el joven fingió estar vencido y dejó que las dos cabezas de la bestia lo rodearan dejándolo en el medio. Así, cuando las dos bocas lo embistieron, Teobaldo saltó al costado y las dentaduras del dragón quedaron trabadas, mordiéndose, en medio del fuego de las dos gargantas.

El ráptor de la princesa fue apresado enseguida y luego Teobaldo pasó por un mal momento: estuvo cuatro páginas al lado de Mirna, rojo de vergüenza, sin poder pronunciar una palabra. Por suerte, sus ojos pudieron decirle a Mirna todo lo que no se animaba a pronunciar su boca.

Teobaldo y Mirna se casaron en la última página y comenzaron un largo viaje de bodas hacia el reino del primer cuento, de donde el joven mensajero había salido.

Para el chico dueño del libro hubo cierta confusión al principio pero luego se entusiasmó más que nunca con la lectura porque cada tanto los cuentos cambiaban: el león de un cuento pasaba a otro, el mago del segundo se hacía amigo del marciano del cuarto, los que se habían casado en el quinto, aparecían en el primero.

Él, de todas formas, siguió prefiriendo "El canto de la princesa" que, encima, ahora, hasta tenía final feliz.

Después de dormir veinte horas seguidas en su casita de madera, el perro Poliedro se despertó en la mitad de la noche y emitió un bostezo tan hondo e interminable que por la boca se le salió una idea.

Él no era un perro al que las ideas le hicieran cola en el cerebro para ser pensadas. Pero tampoco era tan tonto como para no darse cuenta de que una idea acababa de salírsele por la boca y se iba volando por encima del tapial.

¿Y si era una idea genial? ¿Y si era una idea que a ningún perro se le había ocurrido?

Jamás había hecho el menor esfuerzo por escapar de la casa, así que hasta él se sorprendió ante la ocurrencia de saltar a una silla y salir por la ventana.

Una vez que estuvo afuera husmeó toda la cuadra y luego encontró a un gato:

—¿No viste pasar a una idea que se me perdió? —le dijo.

—Ni idea —contestó el gato.

Siguió camino.

Recorrió todas las plazas de la ciudad y se hizo amigo de un perro vagabundo que le enseñó a romper bolsitas de basura para sacar de allí riquísimos manjares putrefactos. Poco después se despidieron, porque Poliedro pensó que la idea que se le había ido no podía ser la de revolver bolsas de basura todo el tiempo. Salió a caminar.

Amanecía cuando llegó a un puerto.

De pronto vio que un hombre se estaba ahogando. "Convertirme en un héroe salvador de un humano. Ésa debe ser la idea que se me escapó", pensó, y se largó de cabeza al agua.

Nadó con todas sus fuerzas. Al llegar junto al hombre lo tomó del cuello de la camisa con sus dientes y lo arrastró hasta la orilla.

Se acercaron muchos curiosos y gente que quería ayudar al hombre, que resultó ser un marinero bengalí. Y también querían acariciar la cabeza de ese increíble perro héroe.

El marinero era un hombre flaquito y triste, con cara de nada. Declaró para la televisión que adoptaría a Poliedro como mascota y que lo llevaría a vivir al barco donde trabajaba. "¿No sería ésta la idea: tener como amo a un marinero cara de nada?", se preguntó Poliedro.

Pasados varios días Poliedro entendió que no. Vivir junto a Cara de Nada, darle la pata treinta veces por día y alcanzarle cien veces un palito era difícil de soportar. Cuando llegó al puerto de Sydney, Poliedro aprovechó para escapar.

Al primer canguro que encontró le preguntó si no había visto a su idea.

—Vi pasar una idea de perro argentino el mes pasado —le confió el canguro—. Iba para el sur.

Poliedro caminó y caminó por Australia, que es un país muy grande. Una lechuza y un caballo australianos le dijeron que habían visto pasar a la idea y que en efecto se dirigía hacia el sur.

Ya hacía mucho que caminaba cuando Poliedro conoció a una bellísima perra llamada Nerviosa.

Al instante Poliedro se enamoró y comenzó a correrla. Durante la persecución también

Nerviosa se enamoró de Poliedro así que metros después ella se detuvo.

Se casaron.

Poliedro se quedó en aquel pueblito de campo donde vivía Nerviosa y ya no pensó más en la idea que había escapado de su cabeza.

Cierta tarde, a dos años de su llegada a Australia, Poliedro salió a pasear con Nerviosa y sus siete hijos por las afueras. De pronto... ¡vio a su idea! ¡Estaba posada sobre una planta de girasol! Poliedro sintió palpitar su corazón y se acercó despacio para no espantarla.

Cuando estuvo al lado abrió grande la boca como para tragársela de una sola vez pero... se detuvo. Se quedó con la boca abierta un larguísimo minuto. Poliedro se quedó como hipnotizado, recordando el tiempo que pasó buscando a la idea: cómo se fue de la casa donde vivía; el amigo vagabundo que conoció esa misma noche; el día que salvó a Cara de Nada; los kilómetros que caminó por Australia; el día que se enamoró de Nerviosa; la noche que nacieron los siete cachorros...

Pensó que por ir detrás de esa idea había hecho tantas cosas, capaz que lo mejor era

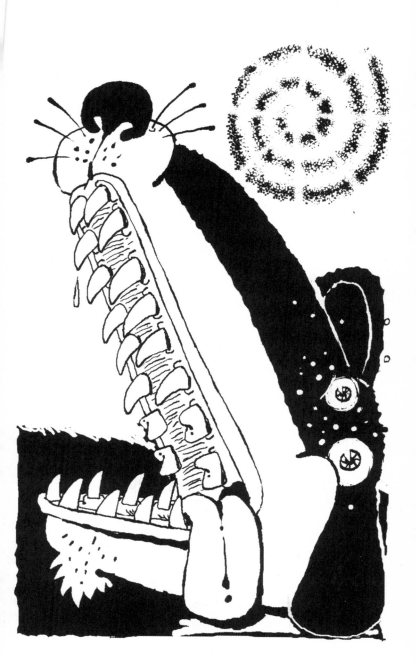

no recuperarla. Pero ¿cómo aguantarse la curiosidad? Se quedó con la boca abierta alrededor de la idea, sin animarse a dar el mordiscón.

Al verlo en tan extraña actitud, Nerviosa le preguntó, nerviosa:

—¿Qué te ocurre, querido?

Poliedro cerró la boca con toda su fuerza y los dientes hicieron un extraño ruido. Pero la idea se apartó a tiempo. Poliedro se lanzó sobre ella y la idea volvió a esquivarlo. Una y otra vez la corrió, saltó sobre ella y trató de apresarla pero la idea era muy veloz.

Los cachorritos comenzaron a imitarlo, pensando que era un nuevo juego inventado por Poliedro.

Hasta que quedaron extenuados y se echaron al piso con la lengua afuera, agitados.

Poliedro se quedó parado, viendo cómo la idea se alejaba lentamente, bailando encima de los arbustos. Luego se acostó en el suelo y estiró sus patas. Nerviosa se acercó caminando y se echó junto a él.

"Lo que me gusta de Poliedro es que siempre tiene alguna idea para divertir a los cachorros", pensó Nerviosa.

Aunque le sobraba el dinero, el señor Otto Porín era muy tacaño. Sus hijos tuvieron que llorar doce litros de lágrimas (en tres años) para que él se decidiera a comprarles el perro afgano que pedían.

Claro que antes de comprar llamó a todas las veterinarias de la ciudad hasta averiguar cuál era la que vendía más barato.

La veterinaria que eligió se llamaba "Sherezada" y allí se ofrecían dos afganos, uno hermoso y caro, y otro medio flaco, desganado y con una oreja más chica, pero de precio más económico.

El señor Otto Porín habló media hora con el vendedor hasta obtener una buena rebaja y que le dieran gratis la soguita y el collar, y finalmente salió a la vereda con el afgano de la oreja más chica.

—Me anticiparé a mis hijos y le pondré un nombre corto —se dijo el señor Otto—. Por si quieren grabarle el nombre en una medalla. Así me saldrá más barato. Le pondré León. No, mejor Leo. ¿Habrá nombre con dos letras? ¿Y con una?

Absorto en esos pensamientos no advirtió que lo estaban siguiendo dos ladrones.

El señor Porín iba por la vereda con la soga en su mano derecha y atrás lo seguía el perro, a tres o cuatro metros.

Uno de los ladrones desprendió rápidamente el collar del perro y, mientras su compañero se llevaba al animal, él se puso el collar y caminó en cuatro patas detrás de Otto, imitando el andar cansino de los perros afganos.

Al llegar a la esquina Otto Porín se volvió hacia el perro y le dijo:

—¡Eh, amiguito! ¡Vamos! Todavía nos faltan treinta cuadras. No pretenderás ir en taxi, ¿no?

—Está bien —contestó el ladrón.

—¿Cómo? —se asombró Otto—. Pero... ¿Habla? ¿Quién es usted?

—Soy tu mascota, amo. El perro afgano que acabas de comprar en la veterinaria.

—¿Qué broma es ésta?

—Ninguna broma, amo. Si nos detenemos un momento en una plaza y me invitas con un pancho y una gaseosa, sabrás por qué hace unos minutos parecía un perro y ahora tengo aspecto de humano.

—¿Más gastos? Está bien, que un perro se transforme en una persona no es cosa de todos los días.

El señor Otto compró el pancho y la gaseosa y ambos se sentaron en un borde del cantero.

—Mi historia lo asombrará —dijo el ladrón—. En mi juventud yo era un delincuente. Robaba todo lo que estaba a mi alcance. Tomaba objetos y salía corriendo. Junto a otro ladrón de mi edad inventábamos los más increíbles trucos para apoderarnos de las cosas ajenas. Éramos los reyes del engaño y nuestras principales víctimas eran los señores que aparentaban ser millonarios...

—¡Qué horror!

—Y eso no es todo, pero... ¡Oh! ¡Ahí pasa un heladero! Por favor, amo: en mi vida de perro siempre ansié tomar un helado. Nunca les dan helado a los perros.

—Está bien, te compraré uno de esos de un peso.

—¡Quiero uno de cinco, los más grandes!

Mientras tomaba con gran placer su helado de cinco pesos, el ladrón siguió contando:

—Un día regresé a mi casa con varias cosas que había robado. Al verme, mi madre me colmó de reproches y quiso echarme de casa. Era una anciana que había llegado muy joven de Afganistán y ya casi no tenía fuerzas. Pero igual le di un empujón y la insulté varias veces.

—Qué... perro...

—Lo mismo digo yo. Y lo mismo dijo ella. Indignada por mi conducta, me maldijo. "¡Eres un perro!", murmuraron sus labios con rabia y pena. En ese mismo instante quedé convertido en un perro. Hace de eso cinco años.

—¡Claro, un perro afgano! —exclamó Otto.

—Se nota que usted es un hombre inteligente.

—Pero... ¿cómo explica que ahora se haya convertido en humano?

—Nunca me había sucedido antes. Seguro que se debe a que mi madre acaba de perdonarme.

—Claro... debería usted volver con ella. Le voy a sacar el collar y... ¡póngase de pie, ya no es un perro!

—Es cierto. Le daría una gran alegría a mi madre. Vive muy cerca de aquí. Claro que, como comprenderá, tendría que comprarme un poco de ropa y algún regalo. Si usted me facilitara algunos pesos...

—Sí. ¿Cuánto necesita? ¡Dios mío! ¿Me estaré volviendo loco? Pagué por el perro y ahora lo dejo ir. Encima le estoy dando dinero...

Poco después el ladrón se fue con el dinero y Otto Porín recordó a sus hijos. Pensó que iban a llorar como locos si no les llevaba el perro que tanto habían pedido. Decidió volver a la veterinaria a comprar el perro afgano que quedaba.

Mientras tanto, el otro ladrón había llevado el perro a la veterinaria y lo había vendido, así que cuando Otto entró al negocio se llevó una gran sorpresa.

—¡Es él! ¡Tiene la oreja más chica! —exclamó Otto—. ¡Maldito incorregible! ¡Seguro volviste a robar algo o a empujar a tu madre. ¡Por mí, te puedes pudrir aquí que no te compro! Señor vendedor, quiero comprar aquel otro, el más caro...

Después de muchos trámites mi tío Herminio Mariño consiguió que lo emplearan en el Centro de Animales en Extinción, a mil kilómetros de Buenos Aires.

El día en que debía comenzar su trabajo llegó una hora antes de lo convenido, bastante nervioso porque quería que la directora del Centro, la doctora Mara Perrone de Vaca, pensara que él era la persona ideal para ese puesto.

En aquel lugar recibían especial atención un cóndor, un yaguareté, tres venados de las pampas, un tatú carreta, tres ñandúes y el perrito faldero de la directora, un cachorro hambriento que se había agregado por su cuenta.

La directora, una mujer gordísima y antipática, apenas saludó al tío Herminio Mariño y le dijo que de inmediato se hiciera cargo del

Centro porque ella debía hacer un trámite en la ciudad.

—Al mediodía, cuando regrese, le voy a decir cuáles son sus obligaciones, que son muchas, y espero sepa resolverlas.

—Está bien, doña Vaca.

Cuando la mujer se marchó, el tío Herminio Mariño salió a recorrer las instalaciones. "Debo tener mucho cuidado", pensó. "Quedan pocos ejemplares de las especies que hay aquí. Y la vaca, quiero decir, la señora, parece ser muy exigente".

A poco de recorrer, llamó su atención un animalito que andaba suelto.

—Parece un perro pero... ¡Dios mío! Debe ser el último ejemplar viviente de esta especie —exclamó mi tío y comenzó a perseguirlo.

El perrito era muy veloz y escurridizo. El tío se cayó dos veces al barro al tratar de tirársele encima. Pero al rato tuvo que detenerse ante otra anormalidad: adentro de un espacio cercado con alambre tejido había un extraño animal:

—¿Cómo se metió aquí ese enorme y repugnante ratón? —se preguntó el tío Herminio—. ¿Qué dice en este cartel? "Tatú carreta"... Seguro que algún gracioso escribió el cartel y metió adentro ese ratonazo para asustar a la gorda. Antes de que me culpe a mí, mejor lo suelto...

Abrió la puertita del refugio del tatú carreta y le gritó:

—¡Fuera, fuera asqueroso! ¿De dónde salen semejantes ratones?

Enseguida divisó al perrito:

—¡Allá está, en aquella jaula vacía!

Pasó cuidadosamente al interior de la jaula, mientras se decía: "Debo actuar con prudencia. Cualquier movimiento brusco causará daños psicológicos al animalito".

El tío Herminio Mariño avanzaba muy lentamente, tratando de fingir que estaba inmóvil, petrificado. Pero el perrito lo miraba con expresión burlona y movía la cola.

Cuando el tío estaba a dos metros de su presa, sintió una brisa en la cabeza. "¡Se está levantando viento!", pensó.

No era viento verdadero sino el aleteo del cóndor que pasaba sobre su cabeza para escapar por la puerta que el tío había dejado abierta.

El perrito logró pasar por entre las piernas

de Herminio y escapó hacia el campo. El tío, desesperado, lo vio perderse entre los matorrales.

—¡Dios! ¿Qué hice? Se me escapó al campo ese ejemplar valiosísimo. La gorda me matará. ¡Me hará meter preso!

Luego pensó que para recuperarlo iba a necesitar un caballo.

"En un lugar como éste no puede faltar un buen potro. ¡Oh!, qué casualidad, ahí hay uno", se dijo al ver la jaula del yaguareté.

Al percibir la presencia de mi tío la fiera abrió enorme su boca.

—Arrrrrffffffff —rugió.

—Tranquilo, caballitoo —le dijo el tío Herminio Mariño. El yaguareté pasó a su lado y salió hacia al exterior.

"Este potro no sirve, es petisón y uraño", decidió el tío.

Abrió luego el corral de los venados y, como tampoco quedó satisfecho, decidió finalmente montar un ñandú.

Anduvo unas tres horas a toda carrera sobre el ñandú pero no encontró ni siquiera rastros del perrito. Finalmente fue el ñandú quien decidió regresar al Centro, aunque el tío

Herminio trataba de guiarlo para otro lado. El ñandú enfiló hacia su corral, pero antes se detuvo un segundo en el patio para librarse de la carga que llevaba encima: el tío cayó dentro del tanque donde los obreros juntaban los excrementos de los animales.

Ese tiempo fue usado por el cóndor para volar hasta la Cordillera y regresar con una novia.

Asustado por la estatua de un león en un pueblo vecino, el yaguareté había regresado con la cola entre las patas y se había metido mansamente en la jaula.

Los venados habían vuelto por su ración de la tarde y el tatú carreta, tras devorar toda una huerta de zanahorias en una chacra vecina, había regresado a su refugio para hacer la digestión.

El tío Herminio Mariño ya se daba por despedido porque no había encontrado al valioso perrito en extinción. "La gorda me destripará. Me cortará en tiras. Me usará de relleno para las empanadas. Yo mismo corro peligro de extinción", se decía.

Mientras pensaba un pretexto para darle a la señora de Vaca, fue cerrando las puertas abiertas.

No bien regresó, Mara Perrone de Vaca inspeccionó el lugar.

—¡No lo puedo creer! ¡No lo puedo creer! —se puso a gritar.

El tío Herminio estaba por tirarse a sus pies implorando clemencia cuando vio que el perro recibía a la mujer moviendo alegremente la cola. "Me salvé... volvió solito", pensó.

—Señor Herminio Mariño, con todo cariño, debo felicitarlo. No sé cómo, pero lo hizo: hace años que teníamos un solo cóndor y queríamos formar una parejita. No sé cómo agradecerle...

—¡No me diga que acá hay un cóndor! —se asombró mi tío.

LOS PÉREZ FESTEJAN

Todo empezó cuando al abuelo José se le ocurrió invitar a familiares que hacía mucho no veía. Y para no perder tiempo enviando cartas, decidió que lo mejor sería colocar un aviso en el diario.

El aviso decía con grandes letras:

¡REENCUENTRO!
JOSÉ PÉREZ DESEA
PASAR LA FIESTA DE FIN DE AÑO
JUNTO A TODOS SUS PARIENTES!

Abajo se leía la dirección del abuelo y la fecha y la hora en que los esperaba.

El aviso salió una semana antes de la fiesta. "Alguno va a venir", dijo satisfecho el abuelo.

El 31 de diciembre a la mañana se sentó en la vereda a esperar la llegada de sus parientes.

A media mañana arribó el primer grupo de Pérez. Eran doce Pérez que vivían en un pueblito pampeano que en total tenía trescientos habitantes. El abuelo se puso contentísimo. Enseguida llegaron cuatro autos cargados de Pérez.

Alguien avisó que en la estación de trenes había llegado un tren alquilado por los Pérez de Córdoba. Del otro lado de la ciudad venían avanzando los Pérez de Rosario al grito de "¡Péreeez, es un sentimientooo que no puedo paraaarrrr...!".

Siguieron llegando Pérez: cinco en paracaídas y dos en helicóptero; un Pérez historiador que recordó a los grandes Pérez que hicieron gloriosa a la Patria y ochocientos Pérez apodados "Ratón". También llegaron un Pérez ladrón perseguido por un Pérez policía, y un Pérez sacerdote que bautizó a un Perecito recién nacido.

Al anochecer se armó una discusión entre los Pérez con acento y los Perez sin. Hubo empujones y corridas pero luego el entredicho

derivó en una gresca entre los Peres con "ese" y los Pérez con "zeta". Después todos se unieron contra los "Pérez y Pérez" a quienes acusaban de creerse superiores.

Fue en ese momento cuando el abuelo José Pérez (una encuesta reveló que la mitad de los Pérez de la fiesta se llamaban "José"), tomó un micrófono y habló pidiendo calma. Dijo que ninguna rencilla debía dividir a los Pérez en un momento tan glorioso.

Los Pérez son muchos, saben escuchar las palabras sensatas y en los momentos difíciles demuestran ser muy organizados.

Rápidamente se armó una gigantesca cena para doscientos setenta mil Pérez, elaborada por ciento veinte Pérez cocineros y servida por diez mil mozos Pérez.

Fue una noche maravillosa. Había Pérez cantantes, Pérez equilibristas, niños prodigio Pérez, Pérez bailarines y cientos de atracciones Pérez. El abuelo se divirtió como nunca y sólo lamentó no tener tiempo de charlar con cada invitado para ver de dónde eran parientes.

La abuelita, que primero protestó por la idea descabellada del abuelo, ahora estaba contenta. En lo mejor de la fiesta le dijo al abuelo que para el año siguiente podían volver a invitar a los Pérez, pero que ella también quería invitar a sus parientes: ¡los Rodríguez!

LA GIGANTE

Soy alguien que no cree en fantasías, pero voy a contar una historia que parece sacada de los cuentos de hadas.

Aquella noche mis hermanos y yo regresábamos a casa después de la jornada de trabajo en la mina de carbón. Estábamos muy cansados pero aquello que vimos nos puso los pelos de punta. Sobre nuestras siete camas dormía ¡una gigante! Casi nos matamos al intentar escapar por la misma puerta, y luego pasamos la noche espiando para ver qué hacía ese monstruo. No hizo nada más que dormir.

A la mañana siguiente, se levantó y se dedicó a limpiar la casa: lavó las sábanas (¡descubrimos que eran blancas!), y acomodó nuestras cosas. En cierto momento nos armamos con palos y entramos decididos a echarla, pero ella nos recibió con una sonrisa.

—¡Pequeñines! ¡Ustedes deben ser los hombrecitos dueños de esta casita!

—¿En qué habla? —preguntó mi hermano Toti.

—Parece un cuento infantil viviente —comentó Tato.

Bueno, igual nos encariñamos con la gigante y le permitimos que se quedara a vivir con nosotros.

—¿Saben una cosita? ¡Mi nombrecito es Blanca Nieves! —nos informó.

—¿No es una marca de harina, "Blancanieves"? —preguntó mi hermano Tito.

Bueno, Blanca nos contó una historia fantasiosa. Parece que ella vivía en un castillo y su madrastra un día le preguntó a su espejo: "Espejito, espejito... ¿quién es la más linda del reino?".

—¿Eh? ¿La madrastra habla con los espejos? —preguntó mi hermano Toto, al escuchar esta parte de la historia. Yo traté de imaginar a la vieja en diálogos con las puertas, el botiquín, el abrelatas y los picaportes.

En fin, parece que el espejo le contestó que la más linda del reino era Blanca Nieves.

¡La más linda! ¡La más grandotota habrá querido decir! Entonces la madrastra mandó a un tipo a que la matara. El tipo, en vez de matarla, la abandonó en el bosque y por eso, dijo, había ido a parar a nuestra casa.

Así pasaron algunas semanas pero un día Blanca se murió. Para mí, le cayó mal una de esas salsas que hace mi hermano Tuto mezclando ojos de buey pisado, intestinos de cóndor, cera de oreja de pecarí y cosas así.

En fin, el velorio estaba en lo mejor, cuando ¡sorpresa! llegó otro monstruo, otra bestia gigantesca, y dijo que era un príncipe. Le dio un beso tan fuerte, que Blanca despertó. Todos los asistentes al velorio aplaudimos.

Lo primero que dijo Blanca al despertarse fue que la madrastra había llegado hasta nuestra casa bajo la apariencia de una viejecita, debido a que el espejo había vuelto a decirle que la más linda era Blanca y que vivía en el bosque junto a siete... ¡enanitos! ¡Los enanitos éramos nosotros!

—Mi madrastrita, entonces —terminó de contarnos Blanca—, vino en persona a darme un venenito. ¡Por eso morí! ¿Entendieron, chicos?

El asunto es que el gigante y la gigante se fueron juntos y supongo que habrán sido felices. Nosotros volvimos a nuestra vida normal y dejamos de hacer milanesas de a trescientas para alimentar a la gigante. Pero hay días en que la extraño y la imagino diciéndome con su voz de trueno: "¿Le saco la cascarita a una frutita así te la mandás a la pancita?".

Un artista del taxi

Para Oche Califa

Hace treinta años que soy tachero y en los últimos diez mis jornadas fueron de dieciséis horas. He llevado tanta gente que con sólo verles la cara cuando me paran en la calle ya sé a dónde quieren ir. Hay calles de Buenos Aires que sólo yo y los tipos que viven ahí las conocemos: Finlay, Elías Bedoya, Ancón... Sé cómo late cada semáforo, conozco de memoria los baches de las avenidas, y aun cuando los arreglan sé que están ahí abajo y puedo adivinar hasta la hora en que se van a romper de nuevo.

En fin, yo ya era el mejor, el único, el perfecto, el Mozart de los taxistas, pero todavía no había llegado a la cúspide. Todavía no había sucedido aquello que me permitió atravesar los límites de la taximetría ¿existe la palabra taximetría? No importa...

Fue el día aquel en que llevé al viejito de pelo blanco.

Era de mañana y yo iba despacio por Curapaligüe y Balbastro, escuchando Radio Rivadavia. El anciano me detuvo y después tardó una eternidad en meterse en el asiento trasero.

—Al paraíso... —pidió.

No estoy acostumbrado y tampoco me puedo permitir preguntas de principiante como "¿en qué calle queda, señor?"; "¿por dónde prefiere que tomemos?". Antes de hacer una pregunta como ésa, no sé, renuncio o me estrolo contra una columna.

Ma sí, puse primera y salí. Doblé en la esquina, y fue en ese preciso instante en que tomé una decisión fundamental para mi vida: dejarme llevar por mi instinto de artista del taxi. Claro que hasta entonces yo no sabía que poseía ese don.

Me concentré y pude sentir la música de la caja de cambios, el fino dibujo del trayecto de las calles, la armonía de frenadas y aceleraciones, las ondulaciones de las avenidas, la combinatoria de colores de los semáforos que iba pasando, la proporción de calles de asfalto y de empedrado, de avenidas y calles comunes. No lo puedo asegurar pero creo que por momentos manejé con los ojos cerrados. Finalmente "sentí" que esa sinfonía concluía, y clavé los frenos.

—Es acá, señor —le dije.

Trece pesos con treinta y cinco, y él me pagó con diez. Me acuerdo como si fuera hoy.

El viejito bajó y se quedó al lado del auto. Delante había un campo con girasoles y de ahí no tardó en salir una mujer joven con un delantal.

—¡Hijo, querido! —exclamó con una espléndida sonrisa al ver al anciano.

El viejito caminó hacia ella y la abrazó.

—¡Mamá! —le dijo con voz temblorosa.

La mujer lo tomó de la mano y juntos se internaron en el campo de girasoles.

Eran las cuatro de la tarde. Dejé de trabajar y me fui a tomar unos mates con mi mujer que está medio postrada por el tema de las piernas.

Al día siguiente subió al taxi una chica de cincuenta y cinco, sesenta años y me dijo:

—Quiero encontrar al hombre de mi vida.

Esta vez hice una salida lenta en primera, una segunda corta, la tercera prolongada, cinco semáforos en verde, dos en amarillo, uno en rojo, coincidencia del número de curvas a la derecha con cantidad de autos blancos que pasaba, y de curvas a la izquierda con autos azules. Una obrita de arte.

—Es acá —dije al fin, extenuado, satisfecho y sonriente como un director de orquesta que acaba de empujar a doscientos músicos a que hagan la mejor actuación de sus vidas.

Había un puerto de río, un muelle y un barquito a punto de atracar.

"Fija, que de ahí baja un chabón y se enamora de la solterona", pensé.

La chica se repasó el maquillaje y el pelo mientras esperaba el vuelto. Después bajó y se quedó parada al lado de unas enormes sogas. Por fin el barquito atracó y de adentro salió un lindo tipo, rudo, hermoso, pelado, medio viejón y manco.

El manco miró a la chica como si la tuviera vista en un sueño, saltó al muelle y con el

único brazo la estrechó contra su cuerpo como para exprimirla. Después, mamita querida, le dio un beso tan largo que todavía seguía cuando yo ya estaba a tres cuadras y volví a mirar por el espejito.

Desde entonces sólo me dedico a viajes especiales. Tal vez peque de exquisito, pero si sube apurado un señor y me dice: "¡Rápido, al microcentro, que cierran los bancos!", yo le contesto:

—Te equivocaste de coche, dogor. Disculpame pero hoy no estoy para pavadas. Bajate y tomate el que viene atrás que ése te va a llevar joya hasta donde vos querés.

Hacía dos años que Martins vivía solo en la estación espacial. La soledad y el tiempo que echaba de menos a su esposa y sus hijos lo ponían muy triste, pero todo eso quedaba compensado con el extraordinario resultado que acababa de obtener en sus experimentos biológicos: había podido crear un ser por completo idéntico a él.

Una semana atrás había presentado a su doble al equipo que colaboraba con él desde la Tierra y que siguió el suceso por televisión. Las autoridades del Laboratorio anunciaron entonces que irían a ver al clon con sus propios ojos y que al fin Martins tendría su merecido descanso en la Tierra.

El arribo de los directivos del Laboratorio estaba previsto para una semana después y Martins esperó ansioso ese momento. Volvería a la Tierra convertido en una celebridad y podría reencontrarse con su familia.

La semana que siguió fue interminable.

El primer día Martins se dedicó a hablar con el Otro para comprobar hasta qué puntos increíbles ambos eran idénticos. Comparó cada detalle corporal, incluidas las huella digitales y pudo comprobar que la copia era perfecta. Le hizo cientos de preguntas y en todos los casos terminó asombrado: el Otro sabía exactamente lo mismo que él. Incluso los episodios infantiles que Martins no recordaba del todo eran igualmente confusos para los dos.

Lo curioso fue que también el Otro comenzó a hacer preguntas y llegó un punto en que los dos comprendieron la inutilidad del diálogo: cualquiera de los dos podía dar las mismas respuestas y casi siempre coincidían en hacer la misma pregunta. También se les daba por ir al baño al mismo tiempo, decir los mismos chistes o desear la misma comida.

Todo eso resultó simpático los dos primeros días pero a partir del tercero Martins comenzó a molestarse: era insoportable, siniestro, ver a otro igual a él, diciendo al mismo tiempo casi las mismas cosas.

Sólo lo alentaba saber que en unos días él se marcharía. Igual evitó referirse a eso porque suponía que el Otro debía tener las mismas ganas de regresar que él, aunque nunca hubiera vivido en la Tierra.

El anteúltimo día Martins le enseñó al Otro a manejar máquinas y controles de la estación aunque sabía que no era necesario: ambos conocían las mismas cosas.

En la mañana del último día Martins notó cierto nerviosismo en el Otro y no pudo menos que alegrarse: al menos empezaban a darse pequeñas diferencias, ya que él, Martins, estaba eufórico porque faltaban horas para regresar a su casa. Incluso el Otro apareció con una pequeña herida en la cara y dijo que se la había hecho al afeitarse. "No somos tan iguales, yo soy más cuidadoso", pensó Martins.

Al fin la nave llegó y los directivos los miraron asombrados. Martins les preparó una broma: hizo que el Otro fingiera ser Martins y él el doble.

Después de dos horas los directivos

pidieron entrevistarlos por separado y allí Martins les aclaró la verdad. Así pasó la jornada de trabajo.

Lo horroroso ocurrió al día siguiente.

Al despertarse, Martins se sorprendió al ver que la nave de los directivos no estaba atracada al muelle: ¡se habían marchado! Sorprendido, recorrió la estación a gritos, llamando al Otro, para contarle. ¡Tampoco estaba el Otro!

Poco después encontró un mensaje: los directivos le decían que entendían sus sentimientos —que no podían ser distintos a los del Martins original—, pero ellos no podían llevar a la Tierra un ser de sus características. Y que incluso los había alarmado que él tratara de hacerse pasar por Martins. El experimento era interesante —decían los directivos—, pero los seres humanos no estaban preparados para conocer algo así.

Martins tuvo que dejar de leer porque su nerviosismo le impedía concentrarse. Lo dejaban allí, aislado, para que los humanos jamás supieran de él. Pero todos sus movimientos serían televisados para que el "señor Martins" y su reducido grupo de biólogos pudieran estudiar sus reacciones. Martins creyó enloquecer.

¿Cómo se habían confundido? ¿Cómo hacía ahora para hacerles entender la verdad?

La verdad la supo un rato después, revisando los mensajes enviados durante la semana anterior hacia la Tierra.

Le sorprendió que hubiera un mensaje que no había redactado él. El mensaje decía: "Hoy todo marchó normal, hicimos tareas de rutina y dialogamos. El único problema fue un pequeño accidente: me corté la mejilla al afeitarme. Pero al menos eso servirá para que ustedes puedan diferenciarnos al llegar".

RICARDO MARIÑO

Es escritor y periodista. Es autor de numerosos libros para niños y adolescentes. Colabora con distintos medios periodísticos. Entre sus títulos figuran *La casa maldita*, *El insoportable*, *Botella al mar*, *El hijo del superhéroe*, *Cuentos ridículos*, *La expedición*, *Lo único del mundo*, *Ojos amarillos* y *Roco y sus hermanas*. Entre otras distinciones ha merecido el Premio Casa de las Américas, varias recomendaciones de IBBY (International Board of Books for Young People) y el Premio Konex a la trayectoria en dos oportunidades (1994 y 2004).

ÍNDICE

ESTA SEGUNDA EDICIÓN DE 3.000 EJEM-
PLARES SE TERMINÓ DE IMPRIMIR EN EL
MES DE ENERO DE 2006 EN ARTES GRÁFICAS CO-
LOR EFE, PASO 192, AVELLANEDA, PROVINCIA DE
BUENOS AIRES, REPÚBLICA ARGENTINA.